INHALT

BLACK or WHITE

5

Sachimo

BLACK OR WHITE
ACT. 13

DASS IHR BEIDE IN DER SERIE SPIELT, WUSSTE ICH...
... ABER PARTNER IN EINER BUDDY-SERIE? DAS IST SCHON HEFTIG.
JA...
O MANN...
DA FLIEGT MEIN MANGEL AN SCHAUSPIEL-TALENT SO RICHTIG AUF.

ICH WERDE MICH TOOOTAL LÄCHERLICH MACHEN.
WENN ICH SEINEN BUDDY SPIELEN MÜSSTE, HÄTTE ICH AUCH SCHISS.
...
ICH WUSSTE JA, DASS ICH ALS SCHAUSPIELER NICHT AN IHN HERANREICHE.
UND ANFANGS WAR ICH AUCH ALLES ANDERE ALS BEGEIS-TERT...
ICH SCHÄTZE... ICH HÄTTE AUCH OHNE WEITERES ABLEHNEN KÖNNEN.
ABER ICH WOLLTE MICH NICHT GESCHLAGEN GEBEN.

ICH WOLLTE NICHT DAVOR WEGLAU-FEN...
LASS UNS DAS MAL ÜBEN.
HÄ?

FLAPP
GULP
PADAM
HMMM ...
OKAY, ICH ÜBERNEHME DIE ROLLE VON HERRN TATARA. BIS SZENE 8.
!
WOW! MIR WAR KLAR, DASS ER GUT IST, ABER...
HAT SHIN DEN TEXT ETWA SCHON DRAUF?!

DA ICH IHN ZU HAUSE NIE ALS „SCHAUSPIELER" ERLEBE, HATTE ICH KEINE AHNUNG, WIE GUT ...
ABSURDISTAN
KARTOFFELCHIPS
OCH NÖ, LASS MAL...
DOCH!
ビク
ZUCK
ICH BIN DEIN RIVALE „KIZAKI" ...
ICH BIN DER MANN, DEN SERADA AM MEISTEN HASST.
ER HAT RECHT, DAS IST EINE RIESENCHANCE.

SCHLIESSLICH STEHT VOR MIR KEIN GERINGERER ALS DER AUFSTREBENDE CHARAKTERDARSTELLER SHIN WASHIMIYA.
-SSST
OKAY, DANKE, DASS DU MIT MIR ÜBST.
ICH HABE SCHON VIEL VON IHNEN GEHÖRT.
SIE SIND DER COP, DER SICH DIE HALBE POLIZEI ZUM FEIND GEMACHT HAT.

SERADA, NICHT WAHR?
ERST JETZT WIRD MIR KLAR...!
BRZZZ
PURE FEINDSE-LIGKEIT ...!!

... WAS FÜR EIN WAHNSINNS-TALENT ICH DA NEBEN MIR HABE.
PUUUH ...

ぱったり
PLUMPS
HAAAH HAAAH
HAAAH HAAAH
WIE FRÜHER NACH DER SCHULE.
ICH WUSSTE GAR NICHT, DASS SCHAUSPIELERN SO ANSTRENGEND SEIN KANN.
STIMMT.
UND...? WAS MEINST DU, WO HAPERT ES NOCH BEI MIR?
HMMM ...

ぱっ
WUOPP
ICH FINDE, DIR FEHLT ES AN NICHTS.
BITTE SAG MIR DIE WAHRHEIT!
ES HAPERT WIRKLICH NIRGENDWO. ICH HABE NUR... WIE SOLL ICH SAGEN...
... DAS GEFÜHL, DASS SERADA IM GRUNDE GENAU SO IST WIE DU IM ALLTAG.
HÄ ...?
ALSO KONNTEST DU DOCH AUCH EINFACH NUR DICH SELBST SPIELEN, ODER?
EBEN NICHT, DENN DANN KOMMT DER „PRINZ" WIEDER DURCH.
UND DER IST DAS GENAUE GEGENTEIL VON SERADA.
HM?
HM?

ABER DU BIST DOCH VIEL MEHR ALS NUR EIN „PRINZ“.
HÄ?
ABER NATÜRLICH BIST DU NICHT NUR DAS.
ICH BIN VERWÖHNT, TEILWEISE AUCH SCHLAM-PIG...
ICH WER-DE SCHNELL DEPRESSIV, VERLIERE DIE FASSUNG...
... BIN EIFER-SÜCHTIG, NEUERDINGS SOGAR GEMEIN...
STOCH ♡
STOCH ♡
STOCH ♡
STOCH ♡
... STÄNDIG GEIL UND TOTAL VER-SAUT.
DU MACHST AUCH DIE HAUSARBEIT, KÜMMERST DICH GUT UM MICH UND SORGST DICH UM MICH.
MISO
WAS DAS ANGEHT, BIST DU ALSO EHER WIE EINE MUTTER ALS EIN PRINZ.

UND...
HUCH?
ELENDES HÄUFCHEN PRINZ
ER WOLLTE EIGENTLICH NETT SEIN.
UND ICH HATTE GEHOFFT, ES IST VIELLEICHT DOCH NICHT SO SCHLIMM...
KOMM SCHON, SHIGE. DU HAST DOCH GANZ VIELE VERSCHIE-DENE SEITEN, ODER NICHT?
DAS PROBLEM IST NUR, DASS DU SIE NIEMAN-DEM AUSSER MIR ZEIGST.
HMM, WIE ERKLÄRE ICH DAS JETZT AM BESTEN ...?

ICH SCHLÜPFE IN EINE ROLLE, INDEM ICH MICH IN JEMAND ANDEREN HINEINVERSETZE.
ABER DU BRAUCHST NUR DEN TEIL VON DIR ZU SPIELEN, DEN DU DEINER UMGEBUNG BISHER NICHT GEZEIGT HAST.
ICH MEINE... LETZTENDLICH TUN WIR BEIDE DASSELBE, ABER...
うーん
HMMM
NEIN ...
ICH GLAUBE... ICH WEISS, WAS DU MEINST.
KOMISCH... ICH KANN DAS GAR NICHT RICHTIG ERKLÄREN, ABER...
BISHER MUSSTE ICH NUR DEN „VORNEHMEN PRINZEN UND GENTLEMAN" GEBEN, UM GANZ GESCHMEIDIG DURCHS LEBEN ZU KOMMEN.

UND IRGENDWANN...
... WÜRDE „DIESER TEIL" DANN ZU „MIR".
FÜNFMALIGER MISTER CAMPU
WÄHREND ICH DEN TEIL VON MIR, DEN ICH BISHER NICHT ZEIGEN KONNTE...

... EINFACH UNTER-DRÜCKT HABE... UND ZWAR KOMPLETT.
WEISST DU...
... ICH HABE MICH NÄMLICH NICHT IN DEN „PRINZEN UND GENTLEMAN" VERLIEBT.
ICH LIEBE DICH MIT ALL DEN VERSCHIEDE-NEN FACET-TEN, DIE DU MIR ZEIGST.

AUCH DAS EIFER-SÜCHTIGE GESICHT?
HA-HA...
JA, AUCH DAS.
DU MEINST, ALLES, WAS ICH IMMER VERBERGEN WOLLTE...
GENAU WIE DIE ANDEREN UNCOOLEN GESICHTER.
EINFACH ALLES.
... WÄHREND ICH GLEICHZEITIG GEHOFFT HABE, DASS DU ES SIEHST.

MEIN WAHRES ICH!
WENN ICH EHRLICH BIN...
... WÜRDE ICH DIE GESICHTER, DIE NUR ICH KENNE...
... LIEBER NIEMANDEM ZEIGEN, ABER...
... DAS VERKRAFTE ICH SCHON.
DENN...

... DER ECHTE SHIGE GEHÖRT GANZ ALLEIN MIR.
DU FÜHLST ALSO AUCH SO.
NICHT NUR ICH...
ICH LIEBE DICH!

WUTT
ICH LIEBE DICH!
U...
...WAH!
KRONK
ICH LIEBE DICH!
KISS
CHUK
CHUK
ZUCK
VRUSH
HA...
WA...
WIR WOLLTEN DOCH ÜBEN...
CHUPA
DAS REICHT FÜR HEUTE.
WWWTT
ICH HABE MICH WIEDER NICHT VORBEREITET!!
ABER MORGEN FÄHRST DU DOCH SCHON ZUM DREHORT!!

ZU SPÄT!
ER STEHT SCHON WIE 'NE EINS.
RUBB
ZUCK
DAFÜR, DASS DU MICH SO AKZEPTIERST, WIE ICH BIN.
DU WEISST DOCH...
... ICH BIN TOTAL VERSAUT.

DAFÜR, DASS DU MICH GE-FUNDEN HAST.
SA...
SAG MAL...
KNARZ
I...

IST SO WAS HIER NORMAL?!
HH...
NATÜRLICH. SAG BLOSS, DAVON HAT HANASAKI DIR NICHTS ERZÄHLT.
KNET
SST
MN...
RICHTIG GEHT NICHT, OBWOHL WIR UNS AB MORGEN WIEDER EINE WEILE NICHT SEHEN.
SHUKO
SHUKO
ABER DAS HIER IST AUCH EINE GUTE ART, SICH GEGENSEI-TIG ZU BE-FRIEDIGEN.
UH...
ZUCK
UUUH ...
HH...
ABER ...
SHOCK
AH!

ぢゅ
CHUK
ぢゅる
SLICK
ぢゅる
SLICK
MN...
NICHT...
ぢゅ
CHUK
... DAAA...
AH...
AH...
SLOB
SLOB
SLOB
KNIP
KNIP
MACH...
SLBB
SLLLBB
... MIT MIR DAS GLEICHE!
DRIP
ZUCK
AH...
CHUK

GLOBB
HH...
MN...
KREEK
KREEK
RUBB
RUBB
GJUP
GJUP
NN...
MN...
HH...
GLIBB
AH, SEIN PO...
TWITCH
LICK
LICK
TWITCH
TWITCH
CHUP
NGH ...
HH...
NUR DIE ZUNGE...

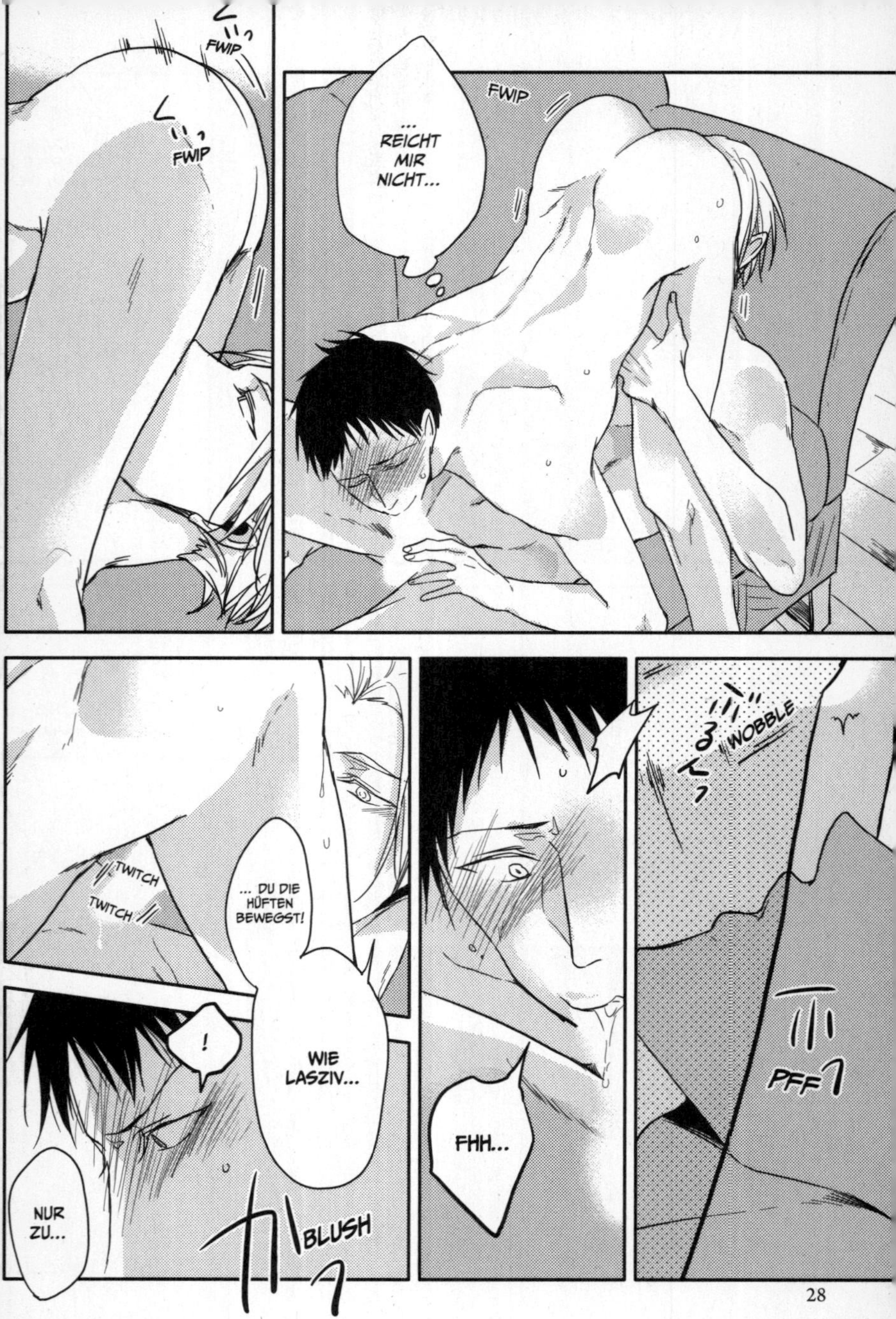
FWIP
... REICHT MIR NICHT...
FWIP
FWIP
WOBBLE
PFF
FHH...
... DU DIE HÜFTEN BEWEGST!
TWITCH
TWITCH
WIE LASZIV...
!
NUR ZU...
BLUSH

BEWEG IHN SELBST REIN UND RAUS!
UND STELL DIR VOR, DU WÜRDEST IHN BEI MIR REIN-STECKEN.
どっ BUMB
どっ BUMB
どっ BUMB
ICH WERDE EH...
IDIOT.
... MEIN LEBEN LANG JUNGFRAU BLEIBEN.
GJUP くぷっ
HH...
...
BLUUUSH かぁぁっ
ICH HAB ANGST, DIR DIE KEHLE ZU DURCHBOHREN ...
NJUK
NJUK
どく BUM
ぬぬ...
NGGG
BUMB どく

HH...
HA...
UND ...?
HA...
IST DAS GUT?
NGG
NGG
NN...
...
MURMEL
DAS...
... IST SO GEIL.
ECHT.
KISS
ZUCK
GRAPP
ZUCK
FHHH ...

HH...
ぐちゅっ
GUTCHU
GH...
NG...
ぐちゅ
GUTCHU
UH...
ぐち
GUTCH
ぐち
GUTCH
NN...
NN...
KREISEL
ぐぽ
GJUP
ぐぽ
GJUP
ぐぽ
GJUP
UH...
じゅるる
SLULUSH
JUUU ...
ゆさっ
STOSH
NN.
NH...
NN...
ゆさ
STOSH
FH...
NN...
ぐっ
ぐぐっ
NGGGGGH
NN...

HH...
BUBUMB
AH...

JETZT KANNST DU NOCH „SHIGE IST PERVERS“ HINZUFÜGEN.
FANG NICHT WIE-DER DAVON AN, IDIOT!!
ICH KÖNNTE ES WIE-DER NICHT SCHLU-CKEN.
LÄCHEL
HEHE...
DAS WEISS ICH DOCH SCHON LANGE.

UND ICH WEISS AUCH, WIE SÜSS DEIN ECHTES LÄCHELN IST.
...
GRINS
GRINS
DEM HIMMEL SEI DANK...

FLOCK
HALLELUJAAA
DAFÜR, DASS DU DEINEN FREUND VORERST NICHT SIEHST, SCHEINST DU RECHT GUTER DINGE ZU SEIN.
FREUT MICH SEHR.
HERR KOSUGE
JA...?
FÜR WAS FÜR EINEN MEN-SCHEN HALTEN SIE MICH EIGENTLICH?
NA JA...
ICH KENNE DICH WAHRSCHEIN-LICH NICHT SO GUT WIE SHIN, ABER...

... EINS WEISS ICH MIT SICHER-HEIT.
?
DU BIST EIN GANZ NORMALER MANN...
... DER SEINEN FREUND ÜBER ALLES LIEBT.

WISSEN SIE...
... SIE UND ER HABEN SICH SEIT IHRER KINDHEIT UND SEIT SIE IM SHOWGESCHÄFT SIND, SELBST GESPIELT.
IN DEM PUNKT GIBT ES ALSO DURCHAUS ÜBERSCHNEI-DUNGEN.
VON DAHER ...
... BIN ICH GANZ SICHER, DASS DAS FUNKTIO-NIERT.
AAH, SEHEN SIE?
ICH DENKE, DAS WIRD EIN SEHR ER-FREULICHER DREHTAG.

JA, ICH SEHE ES...
CLAP
ぱんぱん
CLAP
OKAAAY!
WIR DREHEN AB SZENE 2 ALLES NOCH MAL NEU!
HÄÄÄ?!
GEHT'S NOCH?!
MACHT EUCH BEREIT! ♡

OKAAAY!
KLAPP
HEUTE HABE ICH MEINEN RIVALEN VOR MIR.
ICH HABE SCHON VIEL VON IHNEN GEHORT.
SIE SIND DER COP, DER SICH DIE HALBE POLIZEI ZUM FEIND GEMACHT HAT.
SERADA, NICHT WAHR?
DEN MANN, DEN ICH AM MEISTEN HASSE.

GEGEN SIE...
JAAA.
UND DOCH BIN ICH LANGE NICHT SO VERHASST WIE SIE UND IHRE METHODEN.
BRZZZ

„PRIVAT-DETEKTIV“ …
… KIZAKI.
… VERLIERE ICH GANZ BESTIMMT NICHT!
UNGLAUBLICH, DER KERL …

WAS WILLST DU...
... ARSCH-LOCH?
LINS
LINS

ÄHM... HE...
HERR WASHI-MIYA!
AUF GUTE ZUSAMMEN-ARBEIT!
AH!! JA...
... AUF GUTE ZUSAMMEN-ARBEIT.
DRUCKS
AUSSERDEM WOLLTE ICH SIE... ÄHM...

ぬん☆
SCHWUPP
HEEEY, SHIN! HIER STECKST DU ALSO! ♡
... UM IHRE NUMMER...
AH...
!!
NICK
TSCHÜSS!
ÄH ...
OH!! DANN KOMME ICH SPÄTER WIEDER...
TRAPP
ぱた
ぱた
TRAPP
ぱた
TRAPP
?
?
...
くるっ
WUPP
SAG MAL, SHIN, KANN ES SEIN, DASS DU LETZTE NACHT JEDE MENGE SEX HATTEST?
DAS SIEHT MAN SOFORT.
PRUST
ぶほっ
WA!!
WOVON ZUM TEUFEL REDEST DU DA?!
WAR DOCH NUR EIN WENIG.
ER HATTE ALSO WIRKLICH SEX.

DRÜCK
KOMM SCHON, WAR DOCH NUR EIN WITZ!
HAAAH, ABER...
... IST DIE NATUR HIER NICHT EINFACH HERRLICH?
JEDE MENGE LÄSTIGE INSEKTEN! ☆
SCHMIEG
HA! HA!
EIN SCHMETTERLING!
DIE SCHEINEN ECHT DICKE ZU SEIN.
WIE SÜSS! ♡
HANASAKI!! WENN DU DICH SO AN MICH SCHMIEGST... DENKEN DIE ANDEREN DANN NICHT, WIR WÄREN... DU WEISST SCHON... „VOM ANDEREN UFER“?

DAS SCHON WIEDER.
WAS DAS ANGEHT, BIST DU ECHT ZU ÄNGSTLICH, SHIN!
どーん
WHOOOPP
SO EIN BISSCHEN KÖRPER-KONTAKT IST DOCH GANZ NORMAL!
ABER ...
NA JA...
PATT
ANDE-RERSEITS VERSTEHE ICH AUCH, DASS DU DARAUF SO HYPER-SENSIBEL REAGIERST.
NUR KEINE SORGE.
O... KAY.
ECHT... DU BIST SO WAS VON SÜSS!
ABER SO LANGSAM MUSST DU MAL BEGREI-FEN, DASS ES NICHT REICHT, IMMER NUR IN DER DEFEN-SIVE ZU SEIN.

DIE WELT DES SHOWBIZ... IST NÄMLICH GNADENLOS.
ALSO LOS! GEWÖHNEN WIR SIE ALLMÄHLICH DARAN!
FUPP
はっ
すっ
HÄ?
SCHON GUT.
DU BRAUCHST KEINE ANGST ZU HABEN.
ICH ...
... BIN NÄMLICH GUT IN SO WAS.

さわ
BLA BLA
さわ
HEUTE WAR ER ECHT SUPER.
WIE AUSGE-WECH-SELT.
VIEL-LEICHT WAR ER LETZTES MAL NUR NICHT GUT DRAUF.
ICH HATTE SCHON DAS SCHLIMMSTE BEFÜRCHTET.
ÄH...
ZÖGER
DAS WAR GUTE ARBEIT...
ZUCK
ZUCK

JA, DAS WAR ES, AUCH VON IHNEN.
FUWAH
DANK IHNEN KONNTE ICH HEUTE ZEIGEN, WAS IN MIR STECKT.
ALSO VIELEN DANK AN ALLE!
PRINZ
BUBUUUUMB
DER
GERN. ♡
KYAAAH!
YAAAH!
DU SCHLÄGST DICH SUPER.
RUMMS
ES IST ERFRI-SCHEND ZU SEHEN, WIE WEIT DU IN SO KURZER ZEIT KOMMEN KANNST.

ABER DASS DU EIN BISSCHEN BESSER SPIELST, BEDEUTET NOCH NICHT, DASS DU DIE SERIE AUCH ZU DEINEM MEISTERWERK MACHEN KANNST.
ALSO BILDE DIR BLOSS NICHTS DARAUF EIN.
ICH GEBE MEIN BESTES.
DENN AUS DEM KOPF SCHLAGEN WERDE ICH IHN MIR GANZ BESTIMMT NICHT.
UND... SELBST WENN ICH IHN MIR AUS DEM KOPF SCHLAGEN WÜRDE, HÄTTEN SIE IMMER NOCH NULL CHANCE!
HÄ?
PFF

WEIL ER MICH WIRKLICH LIEBT.
!!
KRONK
DU LEIDEST OFFENBAR UNTER WAHNVORSTELLUNGEN!
ICH...
ZUCK
SCHWUPP
WAS DENN? SIE STEHEN AUCH AUF „IHN“, HERR TATARA?!

TUE ICH NICHT!
DANN HABE ICH EIN PAAR INTERESSANTE NEUIGKEITEN FÜR SIE UND SHIGE. ☆
?
Tubetter
Vor 1 Std.
Follower 2.078.000
Folge ich 156
Tori Hanasaki
Ich und der Meister bei den Dreharbeiten zur neuen Herbstserie
#AufArbeit #ZiemlichDicke #BesteFreunde
523
22.000
57.000

DIESER MIESE KLEINE POP-PISSER !!!
HAHAHA!
NANU?
PLOTZ-LICH SO EINTRÄCH-TIG?
?!
?!
ACT. 13 - ENDE

BLACK OR WHITE

ACT. 14

DUMMM ...♪
... DIDUMMM ...
... DUMDUM ...
... DUMMM ...♫
Dann feiern wir eben, wenn wir uns wiedersehen!
Okay! Also vermutlich Mittwoch.
Ich habe die 1. Folge gesehen und habe jede Menge Kritik, also mach dich auf was gefasst!!!
SHIGE
Bibber
Zitter
DIE ERSTE FOLGE DER SERIE MIT TATARA WURDE BEREITS AUSGESTRAHLT, UND WIE ES SCHEINT...

... IST DIE RESONANZ NICHT SCHLECHT.
ie neue Herbstserie ist mega!
Yay, Tatara!! In solchen Rollen will ich dich sehen!
Was für ein göttlicher Cast!
Endlich! Das riecht nach einem Hit für Regisseur Tachibana!
So setzt man attraktive Schauspieler ein!
Super
Wie ... bitte ...?
Jetzt kann die Unterwelt e
Meine Miniserie fürs Jahres
Lass mich raten: Serada/Kis
Das Duo Kisaki/Serada ist un
Das gibt Krieg!
Rivalität
Wahnsinn
chock
aaass!
will.
AUCH WENN EIN PAAR ECHT EKLIGE KOMMENTARE DABEI SIND.
VON ALLEIN WÄRE ICH NIE AUF DIE IDEE GEKOMMEN...
konnte man eine ganz neue Seite von „Prinz Shige“ sehen.
... DIESE SEITE VON MIR ZU ZEIGEN.
AM LIEBSTEN...
... WÜRDE ICH MICH JETZT DIREKT BEI SHIN BEDANKEN.
orry, dass ich neulich nicht zurückkommen konnte.
Dafür kannst du doch nichts. Dann feiern wir eben
SEIT JENER NACHT...
SNIFF
ES RIECHT SCHON GAR NICHT MEHR NACH SHIN.
SNIFF
STATTDESSEN VERPASSEN WIR UNS NACH WIE VOR STÄNDIG.

... IST SCHON ÜBER EIN MONAT VERGANGEN!!
UND DAS LETZTE, WAS ICH VON SHIN GESEHEN HABE, IST DAS!!
MIT MIR MACHT SHIN NIE SELFIES!!
STOMP
ダン
WAAAH!♪
DAS NENNE ICH MAL „NERVÖSES BEINZUCKEN“!♪
...
FHHH...
rends
Tori Hanasaki
BesteFreunde
Shin Washimiya
Hana-chan
Herbstserie
ster Freund?

Aha, die beiden sind also „ganz dicke“!
Unerwartet... aber irgendwie sexy!
56.000 98.00
#BesteFreunde
22.000 57.00
523
Die Geburt des Duos HanaWashi!
756
Da wird einem ja ganz warm ums Herz.
103.000 140
Dieser Shin wirkt so natürlich! Echt süß!
ABER...
... OBWOHL DER SCHEUE SHIN MIT EINEM POP-IDOL BEFREUNDET IST, ZU DEM ER BISHER KEINERLEI BEZIEHUNG HATTE...
... WIRD ES VON DEN LEUTEN OHNE WEITERES AKZEPTIERT.
ICH GLAUBE ...

... ICH WEISS, WAS DAS BEDEUTET.
DUDIDUM ...♫
WIR SIND GLEICH DA. ♪
WUPP
HEUTE HERRSCHT NOCH MEHR ANDRANG ALS SONST.
OOOH, LASS UNS DEN HINTER-EINGANG NEHMEN.
OB DAS WEGEN DER SERIE IST?

パタ
PADAM
HM …?
WAS? IST ER DAS?
DA IST NOCH SO EIN ELLEN-LANGER KERL.
EIN MODEL VIEL-LEICHT?
SOLLEN WIR IHN UM EIN AUTO-GRAMM BITTEN?
WOHNT DER WIRKLICH HIER?
ENT-SCHULDI-GUNG…
… DASS SIE MICH JETZT SCHON BIS ZUR WOHNUNG BEGLEITEN MÜSSEN.
SCHON GUT.

サッ
WUSCH
サッ
WUSCH
ICH KOMME MIR VOR WIE IN „BODY-GUARD".
KRAM KRAM
カチャ
CHINK
DEN HABE ICH NEULICH IM KINO GESEHEN.
HERR KOSUGE …
ICH BRÄUCHTE MAL IHREN RAT.

ALS ICH IN DER STADT WAR, WAR ICH IM GRUNDE INNERLICH LEER.
ABER DAS IST MIR ERST DANK MEINER SCHÜLER HIER...
... UND DANK IHNEN KLAR GEWORDEN.

CUUUT!!
きゃっきゃーん
SCHMAAACHT
パン CLAP
パン CLAP
パン CLAP
SEHR GUT! SO SIEHT UNERFÜLLTE LIEBE AUS!!
HAAH, WIRK-LICH...
... ICH BIN SO FROH, DICH EN-GAGIERT ZU HABEN!
PUUUH...
NOCH EIN BISSCHEN, DANN BIN ICH FERTIG FÜR HEUTE.
VI-VIELEN DANK.
NETFILE
Wer hätte gedacht, dass wir mal an einem Strang ziehen, Kizaki?!

SHIII...
...HIN!!
のし
SCHLING
GHUFF!
MEIN GESICHT!
UUUPS!
JUHU!
HUCH? HANASAKI! ICH DACHTE, NACH DER ERSTEN FOLGE BIST DU FERTIG MIT DREHEN.
ICH HABE FREI, ALSO DACHTE ICH... ☆
DAS WEISS ICH VON HERRN UMEJIMA ♡
DU HAST DOCH AUCH GLEICH DREHSCHLUSS FÜR HEUTE, ODER NICHT?
WAS? DER UND HANA-CHAN?
DIE SIND ECHT DICKE!
ÄH...
... STIMMT.

WIE...
... WÄR'S DANN MIT EINEM DATE?! ♡
...
OKAY.
...
...

HEY!
WAS HÄLTST DU VON DER HIER?
ÖÖÖHM!!
SIEH MAL DA!
SIND DAS NICHT ...
HANASAKI!
DIE WERDEN SCHON AUF UNS AUFMERK-SAAAM!
ICH DACHTE, WIR GEHEN WAS ESSEN ODER SO.

LEUTE AUS DEM SHOWBIZ SIND DOCH IMMER ETWAS AUFGESETZT!
BEI SOLCHEN SACHEN IST ES BESSER, MAN STEHT EINFACH DAZU.
WARUM... MACHST DU DAS DANN NICHT MIT EINEM ANDEREN POPSTAR?
DU BIST DOCH AUCH MIT SÄNGERN BEFREUNDET, ODER NICHT?!
むぎゅっ
KNEIIIF
AUA!!
ICH SAG DOCH, MACH DIR NICHT IMMER SOLCHE SORGEN!
HAST DU NICHT GESEHEN, WIE UNSER SELFIE NEULICH VIRAL GING?
UH...

EIN BISSCHEN VORSICHT IST SICHER GANZ GUT, ABER...
... IN DEINEM FALL FÜHRT SIE LEIDER DAZU, DASS DU DICH IMMER WEITER SELBST DEMÜTIGST.
WIESO ...
... BIST DU EIGENTLICH SO ÄNGSTLICH GEWORDEN?
DAMALS WAR SHIGE VOLLZEITSTUDENT, WÄHREND ICH GEJOBBT UND SCHAUSPIELUNTERRICHT GENOMMEN HABE.
ALS ICH BEI „ISESAKI PRO" ANGENOMMEN WURDE, KAM MIR DAS WIE EIN WUNDER VOR.

DENN BEI DEN VORSPRECHEN FIEL ICH IMMER WIEDER DURCH.
WAR WOHL WIEDER NICHTS...
POH
DANN EBEN...
... BEIM NÄCHSTEN MAL!!
DER NÄCHSTE!
NUMMER 17, SHIN HIMEMIYA.
JA!
ICH BIN SHIN HIME-MIYA.
DANKE, DASS ICH HIER VOR-SPRECHEN DARF!!

LNS
キリッ
STIFF
FHHH
OJE...
... SCHON WIEDER...
DAS HEISST WOHL...
„WIESO TUST DU DAS?“

„ICH BIN DOCH ..."
... DASS ER SICH MEINE VORSTEL-LUNG GAR NICHT ERST ANSEHEN WIRD.
OKAY, DAS REICHT.
DER NÄCHSTE ...
...
VIELEN DANK!
DIE NUMMER 10, JAY NAKAGAWA.
JAAA.
ES IST HALT EIN HARTES BUSINESS.
ALSO KEINE PANIK.
OH!! DU SIEHST ABER GUT AUS.
ÄH... FINDEN SIE?
KEINE PANIK...
PADAMM
EINMAL MISO-RAMEN MIT...
... GEBRA-TENEM REIS.
EIN KRABBEN-OMELETT AUF REIS!
*RAMEN
* NUDELSUPPE.

ニッ
SMILE
コォ…
EIN GYOZA-MENÜ. IST DAS ALLES?
EEK!
J-JA, DAS IST ALLES.
OH...
SEUFZ
ICH HABE ES WIEDER GETAN.
DABEI MÜSSTE ICH ES NUR ALS ROLLE SEHEN UND DEN „FIDELEN, CHARMANTEN KELLNER" SPIELEN.
SAUBER HALTEN!
DER KERL SIEHT IMMER...
... SO GRIMMIG UND DÜSTER AUS. DEN SOLLTEST DU ECHT FEUERN.
DER VERTREIBT UNS DIE KUNDEN.
UND DER WILL SCHAUSPIELER WERDEN... ICH LACH MICH TOT.
DASS ICH TROTZ ALL DEM WEITERMACHEN KONNTE...

HAHA!
SHIN
IST BESTIMMT BESSER, DASS DU BEI DIESEM PRODUZENTEN DURCHGEFALLEN BIST.
WART'S NUR AB, IRGENDWANN WIRD ER DAS SCHWER BEREUEN.
NIHS
AUSSERDEM WÜRDEST DU MIR DANN NICHT MEHR MEIN LEIBGERICHT KOCHEN, UM MICH ZU TRÖSTEN.
GANZ GENAU!!
... HABE ICH NUR SHIGE ZU VERDANKEN, DER IMMER FÜR MICH DA WAR.
DAS IST BESSER ALS LETZTES MAL, ODER?
ICH HAB NOCH NICHT REINGESTOCHEN.

UND DANN BEKAM ICH ENDLICH DIE ROLLE DES „DARK CAPTAIN".
Es ist nur eine kleine Rolle, aber wenn du gut ankommst, könnte sich das schnell ändern.
Also gib alles, hörst du?
„GIB'S ZU... IN WAHRHEIT..."
„... WOLLTEST DU..."
„... VON ANFANG AN DEN PRINZEN SPIELEN, STIMMT'S?"
Aber das reicht noch nicht zum Leben, deshalb werde ich mich um weitere Jobs für dich bemühen!
DANKE, HERR UMEJIMA.
ICH WERDE ALLES GEBEN, UM AUS DEN ROLLEN, DIE ICH KRIEGE, DAS BESTE ZU MACHEN.
WEIL ICH...
... NIEMALS WIE SHIGE SEIN WERDE.
HÄ?

NA JA, ICH...
... STEHE JETZT AUCH BEI EINER KÜNSTLER-AGENTUR UNTER VERTRAG!!
DU WURDEST ENTDECKT? WAHNSINN!
HAST DU SCHON VORSPRECH-TERMINE UND SO?
HM? NEIN, NICHTS.
ICH MUSS DAS SCHAUSPIE-LERN DOCH ERST MAL LERNEN!
UND ICH BIN STEIF WIE EIN BRETT.
WENN SCHON, DANN WILL ICH AUCH VERSUCHEN, WENIGSTENS EIN BISSCHEN NÄHER AN DICH RANZU-KOMMEN.
HA-HA-HA!
WIE ICH DICH KENNE, BIST DU SCHON BALD EIN AUFSTRE-BENDER STAR.
REMPEL
AUAAAA!

ZUCK
TUT MIR LEID.
HAAAH ...
SCHON WIEDER DURCHGE-FALLEN...
TROTT
DA VORNE IST HANA-CHAN VON ODD!
ECHT?!
REMPEL
OH!
TUT MIR LEID.
HEY!
HM?
ABER ZUMINDEST ARBEITEN SHIGE UND ICH JETZT IN EIN UND DERSEL-BEN BRANCHE... GEMEINSAM...
WIR BEIDE...
SIEH MAL DEN TYPEN DA! SIEHT DER NICHT UMWERFEND AUS?

Der
Duft für
Erwach-
sene

HAAAH ...
WIE KONNTE ICH NUR EINEN MOMENT LANG HOFFEN...
... MIT IHM AUF AUGEN-HÖHE ZU SEIN?!

ABER NOCH GRÖS-SER ALS DER FRUST DARÜBER...
... WAR DIE EINSAMKEIT, ALS MIR KLAR WURDE, DASS ZWISCHEN IHM UND MIR WELTEN LIEGEN.
...
UND DASS ICH NIE MIT IHM AUF EINER STUFE STEHEN WÜRDE...
... GANZ EGAL, WIE SEHR ICH VERSUCHE, IHN EINZUHOLEN.
JEMAND WIE ICH...

... SOLLTE NICHT MAL IN SHIGES NÄHE KOMMEN.
ABER WIE IST ES JETZT?
DU HAST ALLES FÜR DEINEN PRINZEN GEGEBEN...
... UND NUN?
LIEGEN ZWISCHEN EUCH IMMER NOCH WELTEN?
ODER ZWISCHEN DIR UND MIR?
AH...

STIMMT... DAS HAT SICH GEÄN-DERT.
Folge ich 156
Follower 2.078.000
JETZT...
...BIN ICH...
GENAU!

GRIP
UND NUN AUF ZUM DATE! ☆
AH... A-ABER ICH...
... HATTE JA NOCH NICHT MAL EIN DATE MIT SHI... GE.

AH, DA SIND SIE.
SORRY, DASS IHR WARTEN MUSSTET.
?!
OOOH!! DA SEID IHR JA!!

IHR KOMMT DIREKT VOM SET, ODER? DANN HABT IHR EUCH DEN FEIER-ABEND REDLICH VERDIENT...
HALLO, HERR WASHI-MIYA...
SIE HABEN HOFFENTLICH NICHTS DAGE-GEN, DASS ICH HEUTE ZU IHNEN STOSSE.
STIMMT'S?
HÄ?
ÄH, JA...
ZUPP
!
URSPRÜNGLICH WAREN NUR TATARA UND ICH VERABREDET.
ABER WIR DACHTEN, JE MEHR, DESTO LUSTIGER, ALSO HABEN WIR EUCH AUCH NOCH DAZUGEHOLT.

ALSO!
AUF ZUM DATE!!

ICH...
... WILL MICH SCHON SEIT LANGEM MAL MIT IHNEN UN-TERHALTEN.
HEY!
WAS SOLL DAS WERDEN?
GAR NICHTS.
ABER DU BIST GEKOMMEN, ALSO NÖRGEL NICHT RUM, SONDERN SPIEL EINFACH MIT!
...
PFF...

FLUMP
DAS SIND UNTERLAGEN ÜBER DIE VERTRIEBS-ROUTEN UND DIE WARE.
FLUMP
WAS DENN...
MEHR HAST DU NICHT RAUSGEKRIEGT? DANN ARBEITEST DU LANGSAMER, ALS DIE GERÜCHTE ÜBER DICH VERMU-TEN LASSEN.

PFF
QUANTITÄT IST JA NICHT GLEICH QUALITÄT.
UND DEIN STAPEL BESTEHT NUR AUS UNNÜTZEM ZEUG.
WA...
OKAY, OKAY!
KURZE PAUSE!
HIHI!
SUPER KOMBI, DIE BEIDEN.
HERR TATARA ...
JA?
NUR, UM GANZ SICHERZUGEHEN...
SIE SIND DOCH NICHT IN WASHIMIYA VERLIEBT, ODER?
!

DAS HABE ICH DIR DOCH SCHON GESAGT!!
ICH MACHE MIR NUR SORGEN UM EINEN TALENTIERTEN JUNGEN KOLLEGEN, DAS IST ALLES! ALSO HÖR AUF, STÄNDIG VON LIEBE ZU FASELN!!
ZAMP
ICH BIN NICHT SCHWUL!!
SIE HABEN RECHT.
WÜRDEN SIE MICH DANN FÜR IHREN SÜSSEN JUNGEN KOLLEGEN BEI ETWAS UNTERSTÜTZEN?
HM?
KRONK
SIE SAGTEN DOCH NEULICH ...
„IHR DENKT AN NICHTS ANDERES ALS DARAN, ES ZU VERBERGEN.“

NATÜR-LICH NUR...
... WENN SIE ZEIT UND LUST DAZU HABEN.
VER-DAMMT!
HÄTTE ICH GEWUSST, DASS DU AUCH DA BIST, WÄRE ICH NICHT GEKOMMEN.
WOW!
IST JA REIZEND!
DU MUSST NUR DEN ÄLTEREN KOLLEGEN MIMEN, DER ZUM SPASS MITGEKOMMEN IST, OHNE ETWAS VOM VERHÄLTNIS DER BEIDEN ZU AHNEN.
DAMIT SHIN NICHT SO ANGE-SPANNT IST.
WIE VIELE LEUTE WISSEN EIGENTLICH SCHON VON DEN BEIDEN?

AUSSER DEN LEUTEN VON DER AGENTUR NUR ICH, SHINS BESTER FREUND...
UND SIEH MAL, DIE BEIDEN SCHLAGEN SICH DOCH EIGENTLICH GANZ GUT.
... UND DU, DER AUS IRGENDEINEM GRUND EINEN NARREN AN SHIN GEFRES-SEN HAT.
HAB ICH NICHT!
HM... DIE MASSNAHME IST ZWAR ETWAS BRUTAL, ABER SIE KÖNNTE DURCHAUS WIRKSAM SEIN.
ODER?
ガッ
GRAPP
ビューッ
SWUSH
WAAAH!

HANASAKI!!
ICH KOMME DAMIT...
... EIN-FACH NICHT KLAR!!
DU HATTEST DOCH NEULICH GEBURTSTAG, SHIN. ALSO SIEH ES ALS MEIN GESCHENK FÜR DICH. ☆
DA-DANKE.
QUATSCH, ICH MEINE ...
HMMM
GEHT WOHL NICHT ANDERS.
SORRY, SHIN...
IN WAHRHEIT HABE ICH DICH NUR BENUTZT.
HÄ?

チラ…
LINS
DU…
… WEISST DOCH, WIE SEHR ICH AUF SCHARFE TYPEN STEHE.
…
ぱあっ
WHOA
AH!!

GRIP
ICH HELFE DIR!!
WAAAAH!♡
OKAY!!
STAPF
STAPF
ICH HÄTTE AUCH DAS ZEUG ZUM SCHAUSPIELER.
HIHI!
WAAAAH!
WAAAAH!

UND? MEINEN SIE, SIE KOMMEN DAMIT KLAR...
... HERR WASHI-MIYA?
„LIEGEN ZWISCHEN EUCH..."
„... IMMER NOCH WEL-TEN?"
EIN BISSCHEN ANGST... HABE ICH ZWAR NOCH...
... ABER...

JA!
LASSEN SIE UNS DIESEN ABEND GE-NIESSEN, HERR OSAWA.
ICH WILL VERSU-CHEN...
DAS IST UNSER ERSTES DATE.
... IN DIESER WELT...
... NEBEN DIR ZU BESTEHEN.
ACT. 14 – ENDE

BLACK OR WHITE

BLACK or WHITE

BLACK OR WHITE
ACT. 15

TONK
DASS DU...
... MICH JETZT SCHON VERFOLGST, IST WIRKLICH NICHT NÖTIG.

ICH MEINE, IM ANZUG STECHEN SIE HIER GANZ SCHÖN RAUS.
GENAU DASSELBE WOLLTE ICH AUCH GERADE SAGEN.
コト
TONK
...
ERSTAUNLICH, DASS SIE DEM ZUGESTIMMT HABEN.
WER...
... WAR ES DENN, DER EJREN PRINZEN UND UNSER POP-IDOL DAZU GENÖTIGT HAT?
EHRLICH GESAGT WAR ICH VON SHIGES VERHALTEN AUCH ETWAS ÜBERRASCHT.
ABER ICH DENKE, ES KONNTE GERADESO FUNKTIONIEREN.

WAS HEISST HIER „GERADESO"?
IST DAS NICHT DIESER PAPARAZZO, DER AUF POPSTARS SPEZIALISIERT IST?
HAST DU DEN ETWA AUCH HIERHERBESTELLT?
AB UND ZU SIND DIESE LEUTE GANZ NÜTZLICH.
HANASAKI ...!
HERR TATARA!

ICH UND SHI... ÄHM... HERR OSAWA SIND SO GUT WIE NIE IN SOLCHEN PARKS, ALSO ...
WO FÄNGT MAN DENN HIER AN?
HM?
!
MIR GEHT ES ÄHN-LICH...
EY, NICHT ZU NAH!
DAS IST ZWAR IRRE LÄSTIG, ABER...
NA SCHÖN ...

... ES MACHT AUCH IRRE VIEL SPASS!!!!
UOH, BEÄNGSTI-GEND!
STAFF
UND SO WAS NENNT SICH IDOL!
ICH MUSS KA-CKEEN! ♡
Ä-ÄHM, SIND SIE NICHT...

ICH WUSSTE ES!! ♡
OH, OH!
さ FUPP
さ FUPP
さ FUPP
DAS KÖNNTE UNANGENEHM WERDEN.
WAS...
... MACHEN WIR JETZT?
DANKE DIR! ♡
GERN.
NANU...?
ICH BIN ÜBER-RASCHT ...
...
GEHEN WIR.
IMMER DASSELBE.

... DASS DAS NICHT MEHR AUFMERK-SAMKEIT ERREGT HAT.
WEIL HEUTE EIN WOCHENTAG IST UND DIE LEUTE VOLL-AUF MIT IHREM VERGNÜGEN BESCHÄFTIGT SIND.
AUSSER-DEM IST SCHON FRÜHER ABEND.
UND DIE ECHTEN FANS NEHMEN MEIST RÜCKSICHT, AUCH WENN SIE DICH BEMER-KEN.
SORRY, DASS IHR WARTEN MUSSTET.
VER... STEHE.
ODER ABER...
... SIE TRAUEN SICH NUR NICHT NÄHER RAN, WEIL DIE AURA DER DREI EINFACH ZU ÜBERWÄL-TIGEND IST.
DAS GEWISSE ETWAS, DAS SICH NICHT...
... VER-BERGEN LÄSST.
KEIN GEWÖHN-LICHER ANBLICK.

WAHNSINN, MIT WAS FÜR TOLLEN LEUTEN ICH ZUSAMMEN BIN...
HERR WASHIMIYA!
SOLLEN WIR WEITERGEHEN?
SHIIIN!
ACH JA...

ICH GEHÖRE JA JETZT DAZU!

STOOOHN
TUT MIR...
... WIRKLICH LEID!!
HÄTTE ICH GE-WUSST, DASS IHNEN DAVON SCHLECHT WIRD, HÄTTE ICH SIE NICHT MITGE-SCHLEIFT...
PHHH
MIR IST NICHT SCHLECHT, ICH HABE NUR...
... ZU WENIG GESCHLA-FEN.
HÄTTE ICH GEWUSST, DASS SIE MÜDE...
IST JA GUT JETZT!
O-OKAY.

HAAAH... ICH GLAUB, ICH BRAUCH AUCH 'NE KLEINE PAUSE.
AM BESTEN WARTE ICH MIT TATARA HIER.
DU KANNST INZWISCHEN MIT DEM PRINZEN EINE RUNDE RIESENRAD FAHREN.
TWINK
...
HAH
ICH HELFE DIR!!
OKAY !!

GEHEN WIR, SHI... HERR OSAWA!!
SIND SIE SO WILD DARAUF, RIESENRAD ZU FAHREN?
JA, ICH LIEBE ES!!
EIN BISSCHEN FÜHLE ICH SCHON MIT DIR.
WOVON REDEST DU DA?!
ICH WUSSTE GAR NICHT, DASS DU SO EIN SCHREIHALS BIST, SHIN.
ICH FAHRE ZUM ERSTEN MAL RIESENRAD UND DIESES GEFÜHL ZU SCHWEBEN IST ECHT TOLL!!
DIR SCHEINT ES ABER AUCH ZU GEFALLEN.
...

SCHLOTTER
STÖÖÖHN
SCHLOTT
SCHLOTTER
SCHLOTTER
SCHLOTT
UMPH …
EHRLICH GESAGT …
… IST MIR ZIEMLICH ÜBEL.
ICH HABE DAS GEFÜHL, MEINE EINGEWEIDE SCHWEBEN.
PFF…
PHA, HA…
WAS FÜR EINE VORSTEL-LUNG, ECHT!!
ODER?

IN DER SERIE...
... BIST DU AUCH UNGLAUBLICH COOL.
I...
ICH HABE MICH GLEICH NOCH MAL IN DICH VERLIEBT.
...
22
DIESER SHIN...
SIEH MAL, WIE FREI UND OFFEN DER PLÖTZLICH LACHEN KANN.

WENN MAN BEDENKT, DASS DIE BEIDEN NACH JAHREN ALS FAAR IMMER NOCH ANGST DAVOR HABEN, IN DER ÖFFENTL CHKEIT SEITE AN SEITE ZJ GEHEN...
... KANN MAN GAR NICHT ANDERS, ALS IHNEN HELFEN ZU WOLLEN.
WENN MAN SICH IN EINEN MANN VERLIEBT...
... UND DANN INS SHOWBUSINESS GEHT, IST MAN DOCH AUF SO ETWAS GEFASST, ODER NICHT?
DARAUF, DASS MAN „GANZ NORMALE DINGE" NICHT TUN KANN...
... VIELLEICHT.
ABER DAS BEWAHRT EINEN NICHT DAVOR...

... DASS MAN SICH IN JEMANDEN VERLIEBT.

HAAAH …
BENEI-DENS-WERT.
ICH WETTE, DIE BEIDEN TREIBEN ES HEUTE NACHT.
PHUUU!
SHIN …
HOCK DICH HIN!

ES IST SO LANG HER...
LÄCHEL
UM DIESEN SKANDAL AUFZUDECKEN, BRAUCHT MAN SCHON EINEN HELI.
HA-HA...

WIR SOLLTEN UNS BEI HANASAKI UND TATARA BEDANKEN.
MACHT'S GUUUT!
WIE HARMONISCH SIE WIRKEN.
OKAY... FAHREN WIR JETZT GETRENNT NACH HA...
PADAMM
PADAMM
NA ENDLICH, WIR DACHTEN SCHON, IHR WOLLT NIE NACH HAUSE GEHEN!

IHR WISST SCHON, DASS IHR MORGEN WIEDER AR-BEITEN MÜSST, ODER?!
HÄ ??!!
NANU??
WAS MACHEN SIE DENN HIER, HERR UMEJIMA?!
DANN BIS SPÄTER, SHIN.
HÄ?
ÄH... JA.
TJA, ER IST HALT EIN TÜCH-TIGER AGENT.
LOS, STEIGT EIN!

VRUUUM
ÄH... M...
TUT MIR LEID, DASS ICH...
UNFASS-BAR!
UH...
JETZT IST ER WIEDER TAGE-LANG SAUER...
HM?
NANU ...?
FAHREN WIR GAR NICHT ZU MIR NACH HAUSE?

ドタ
PADAMM
NANU?
ブロロ
VRUUUM
HUUUCH ?!
きょろ
SPÄH
WO BIN ICH?!
きょろ
SPÄH
IN IRGEND-EINEM... RIESIGEN HOTEL?
A607
← HAT ER VON HERRN UMEJIMA BEKOMMEN.

WAHNSINN, DIESE SICHERHEITSMASSNAHMEN...
607...
607...
KLACK
AH!

SHIGE!! GOTT SEI DANK...
... DU BIST HIER?
PADAM

KISS
KISS
KRALL
ICH MUSS... ERST MAL DUSCHEN.

ICH WILL DOCH...
... FRISCH UND SAUBER SEIN.
WUSCHEL
GRIP
AH...
ALSO GUT...
HEUTE VERSUCHE ICH MAL, NICHT GEMEIN ZU SEIN...
DU WILLST DICH DOCH VORBEREITEN, ODER?
WUPP
ZUM BAD GEHT'S HIER LANG.
ZERR
HÄ ...?

ICH...
... HATTE HEUTE WIRKLICH VIEL SPASS.
ALLEIN, IN ALLER ÖFFENTLICHKEIT NEBEN SHIGE ZU LAUFEN...
... WAR SO UNGLAUBLICH SCHÖN, DASS ICH KAUM NOCH VERSTEHE...
... WIESO ICH BISHER SO VIEL ANGST DAVOR HATTE.
ICH GLAUBE... ICH HABE MICH HEUTE EIN WENIG VERÄNDERT.
VIELLEICHT... BIN ICH SOGAR EIN ANDERER GEWORDEN.

くんっ
STPP
SHIN?
SCHLIESS-LICH KONNTE ICH HEUTE DIE GANZE ZEIT...
WA...
WO IST DAS BETT?

... AN NICHTS ANDERES DENKEN ALS DARAN, MIT SHIGE ZU SCHLAFEN.

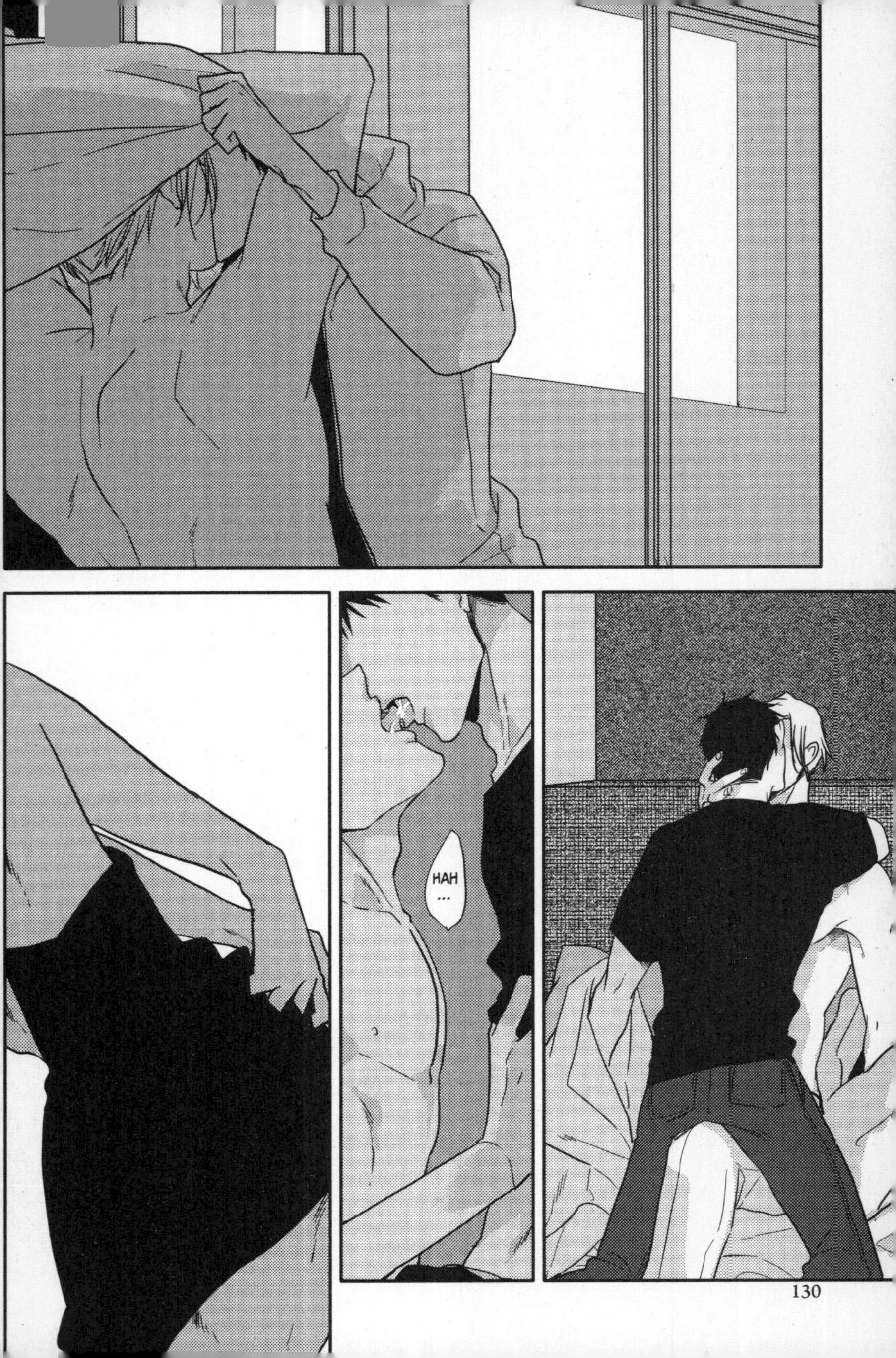
HAH
...

FWAPP
ばさっ
SCHNELL!
SCHNELL
SCHNELL!

PFF...
DU HAST ES ABER EILIG.
DU DOCH SONST AUCH.
CHUP
KISS
KISS
CHUP
CHUP
CHUP
ちゅ
CHUPAH
ぱ…

GLIBB
EILIG IST GAR KEIN AUSDRUCK.
DU BIST DOCH AUCH TOTAL FEUCHT UND KLEBRIG.
GULP

NJUT
NJUT
HH...
GJUP
GUTCH
GUTCH
FWIP
FWIP
SCHNELL!
NN...
HH...
FH...
JUKU
JUKU
JUPPON
NN...

GUTCH
GUTCH
GUTCH
GUTCH
ICH WILL DICH...
SWIP SWIP
... JETZT GLEICH!
GRIP
WAS IST DENN?
WIESO ...
... BIST DU PLÖTZLICH SO GEIL?
HUUUH ...
HUUUH ...
HUUUH ...

WEIL ICH...
DARAN BIST NUR DU SCHULD, SHIGE.
... DICH LIEBE.
ALSO ...
... BITTE...
BITTE LIEBE MICH NOCH MEHR ...

... JETZT, WO ICH SO GEIL AUF DICH BIN.

„ICH WETTE..."
„... DIE BEIDEN TREIBEN ES HEUTE NACHT."
PLOFF
STÖHN
WANK
IST JA WIDERLICH!
IGITT!
DAS IST NICHT WAHR...

„NEHMEN SIE ES BITTE ZURÜCK!!“
ICH SAGTE, DAS IST NICHT WAHR...

KREEK
II...
AH...
AGH
SHOOP
AH!
A...
... AH...
PAMM
PAMM
PAMM
PAMM
PAMM
NHA!
AH...
KREEK
KREEK
AH...
TUT ES... WIRKLICH NICHT MEHR WEH?

WUSCHEL
MEIN BAUCH ...
ES FÜHLT SICH... TOLL AN...
A...
... AH...
... SCHREIT „HALT".
NI...
... CHT...
STIIIFF
DOP
... DA...
DOP
AH...
GJUPO
GJUPO
ICH HABE ANGST, ABER...
AH...
AH...
NICHT!
AH...
HIIH...
GJUNK
GJUNK
HIH ...
ICH KOMME.
... ICH WEISS JETZT...
HI...
ICH...
AH...
ZITTER
ZITTER
ZITTER
... HAB ANGST...

... WAS ICH WILL.
HIIUUUH ...
ZUCK
ZUCK
ZUCK
SPRZZ
HII...
ZUCK
ZUCK
AGH...
SPLOOOOSH
AAAGH
AGH
!!
UOOOOH!!
AH!
HAH ...
HH ...
A... ...AH...
KH...
SPOTZ
SPOTZ
BLIP
GLIB

ZUCK
HA...
HA...
ZUCK
HEY ...
WAR'S DAS SCHON?
ICH WILL MEHR...
VIEL MEHR...

AUCH WENN ICH DICH DANN NICHT MEHR LOS-LASSEN KANN...
HA...
HAA...
HA...
SAG MAL...
HA...

WO SIND WIR HIER?
IN UNSERER NEUEN FESTUNG.
UNSER BISHERIGES APPARTEMENT WIRD JA VON TAG ZU TAG MEHR BELAGERT... DAS KONNEN WIR NICHT MEHR NUTZEN.
...

WOW... UND DAS, WO DU GERADE SO VIEL ZU TUN HAST.
HERR KOSUGE UND HERR UMEJIMA HABEN MIR TATKRÄFTIG GEHOLFEN.
?!
WEIL WIR SO BESCHÄFTIGT WAREN, KOMMT ES ZWAR ETWAS VERSPÄTET...
... ABER DAS HIER IST EIN GEBURTSTAGS-GESCHENK FÜR DICH UND MICH.
ALLERDINGS SOLLTE UNS KLAR SEIN, DASS WIR UNS AB JETZT...
GRINS
... NOCH MEHR ANSTRENGEN MÜSSEN, WEIL WIR UNS SONST DIE MIETE HIER NICHT LEISTEN KONNEN.

HM.
HERZLICHEN GLÜCKWUNSCH ZUM 26. GEBURTSTAG, SHIGE.
HERZLICHEN GLÜCKWUNSCH ZUM 26. GEBURTSTAG... SHIN.
RICHTIG.
WIR BEIDE GEBEN SCHON SEIT JAHREN UNSER BESTES.

UND JETZT...
... HABEN WIR ZUSÄTZLICH NOCH MEN-SCHEN, DIE UNS UNTER-STÜTZEN.
DA KÖNNEN WIR UNS VON NUN AN...
... AUCH NOCH MEHR ANSTRENG-GEN.
HEUTE ERSCHIENEN
GEHEIMES DATE MIT HEISSEN TYPEN
FUTURE WEEKLY
GANZ EGAL, WAS PASSIERT.

* MILKSHAKE-ARTIGES GETRÄNK AUS GRÜNEM TEE MIT ZUGESETZTEN BUNTEN TAPIOKA-KÜGELCHEN.

GUTE KOMBI, HÄTTE ICH NICHT GEDACHT.
DIE SIND ALSO BEFREUNDET…
KRASSER GEGENSATZ! LOL
FINDEST DU?
DIE WIRKEN BEIDE GANZ ANDERS ALS IN IHREN SERIEN.
TOBU
SKYSTAR

PFF...
DU DENKST SICHER, DAS HÄTTEST DU SUPER HIN-GEKRIEGT.

NICHT WAHR, PRINZ?
ACT. 15 – ENDE

BLACK OR WHITE
ACT. 15.5
HA...
HAA...
HEY... SHIN!
HA...
MN?
HA...
HAA...
HA...
WILLST DU DICH AUCH MAL BEWEGEN?
HA...
HA...
HÄ?
HA...
HU...
HUH...
PROBIER'S MAL...
HU...
... MIT DER REITERSTELLUNG.
WUPP
AH...
HA...
HU...
ACH... NÖ... DAS HAB ICH DOCH NOCH NIE GEMACHT.
STIMMT, SONST WÄRE ICH SCHON VOR SCHRECK GESTORBEN.
WHOMP

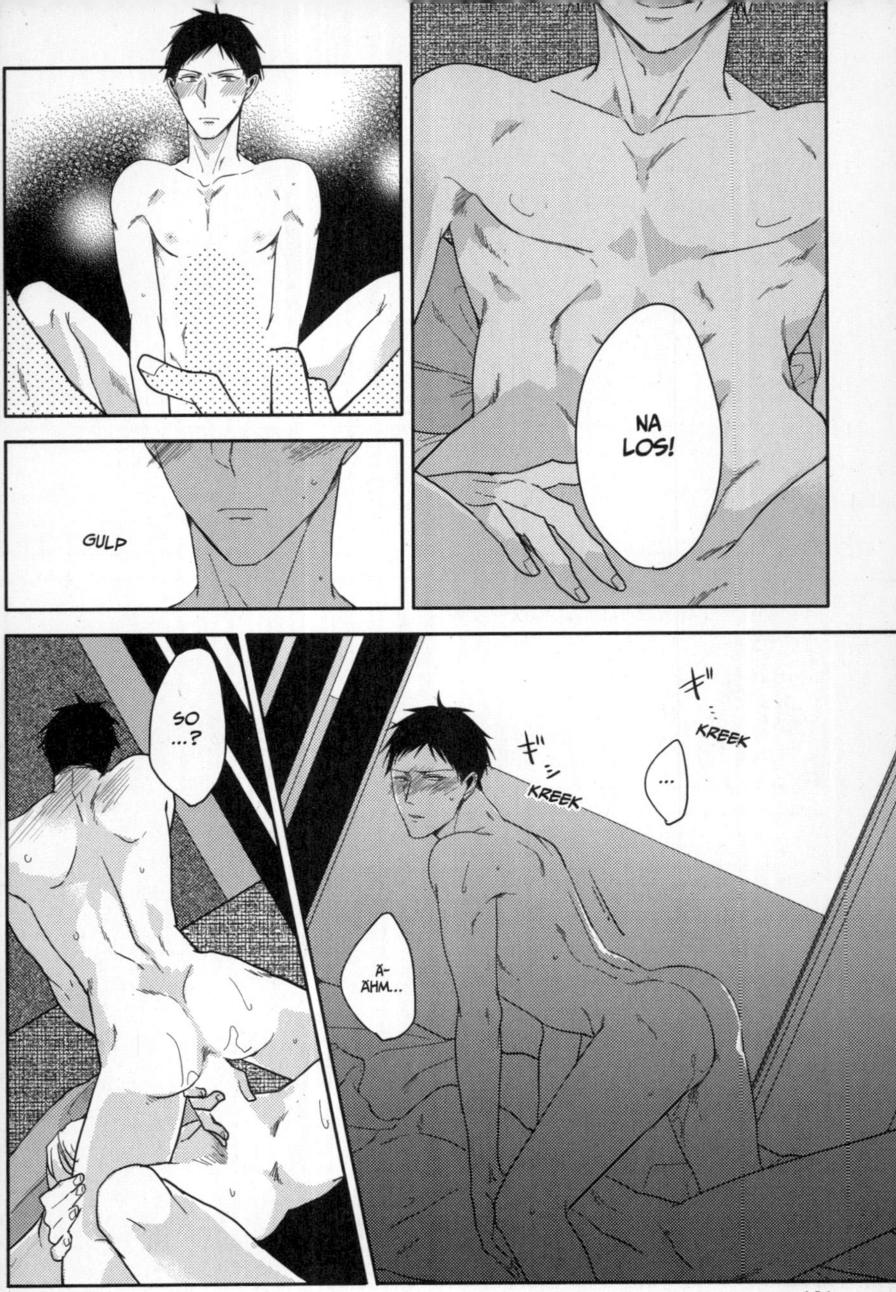
NA LOS!
GULP
ギ
KREEK
ギッ
KREEK
...
Ä-ÄHM...
SO ...?

ぐぐぐ…
WWWTTT
ズルンッ
FLUTSCH
AH...
MN...
HUCH?
SLIP
ずり…
ÖH...
... MM...
KH...
MN...
GAR NICHT SO LEICHT.

HEY!
HILF MIR MAL!
HÄÄÄ?
JETZT WILL ER MICH WIEDER ÄRGERN.
FWIP
FWIP
WUTT
FIUP
HH...
GJUPP
AH...

FHH...
KH...
GJUPPOPOPOP
ZITTER
ZITTER
ZITTER
HNNNNG...
FUPP
GE-
SCHAFFT
...
OKAY, UND JETZT GIB ALLES UND BEWEGE DICH...
ICH...

ICH BIN...
...SCHON WIEDER ...
ZUCK
ZUCK
ZUCK
ZUCK
ZUCK
...GEKOMMEN.
SPLOOOSH
FLOPP
AH...
ACT. 15.5 - ENDE

NACHWORT

HALLO, ICH BIN SACHIMO. UND HIER KOMMT BAND 5, IN DEM UNSERE HELDEN IN VIELERLEI HINSICHT EIN STÜCK WACHSEN, VOR ALLEM IN ACT. 15. DESHALB IST DER BONUS DIESMAL ALS ERGÄNZUNG ZU DIESEM KAPITEL ZU SEHEN. ☆

ICH HABE JETZT SCHON HERZKLOPFEN, WENN ICH DARAN DENKE, WIE WEIT TATARA, HANASAKI UND DIE ZWEI AGENTEN ES MIT IHREN SPIELCHEN NOCH TREIBEN. ZUM GLÜCK HABE ICH EINEN REDAKTEUR, DER MICH STOPPT, SONST WÜRDE ICH SIE WAHRSCHEINLICH AMOK LAUFEN LASSEN. (*LOL*)

SACHIMO

„Black or White" 05 von Sachimo
Aus dem Japanischen von Claudia Peter
Originaltitel: „Kuro ka Shiro ka"

Originalausgabe:
BLACK or WHITE Volume 5

Deutschsprachige Ausgabe:
Egmont Manga
verlegt durch Egmont Verlagsgesellschaften mbH,
Alte Jakobstr. 83, 10179 Berlin

1. Auflage 2021
Verantwortliche Redakteurin: Luisa Steinhäuser
Textbearbeitung: Frank Neubauer
Korrektur: Ulrike Marotz
Gestaltung: Wolfgang Schütte
Koordination: Angelika Schönhuber
Printed in the EU
ISBN 978-3-7704-2946-2

SUTOPPU!

Koko wa kono manga no owari dayo.
Hantaigawa kara yomihajimete ne!
Dewa omatase shimashita!
Tanoshii hitotoki wo dozo!

Egmont-Manga-Chiimu

STOPP!

Das ist der Schluss des Mangas.
Fangt bitte am anderen Ende an!
Und nun genug der Vorrede,
viel Spaß beim Lesen!

Euer Egmont-Manga-Team